Le mystère de
Lohengrín

ISBN : 2-9526-2010-5

9 782952 620109

CIDEX 109 - 89150 BRANNAY

editions sénones

www.f-rabasse.com

Impression : RPartenaires® - Groupe d'imprimeurs -- Colonel

Dépot légal : Avril 2006

Toute ressemblance des personnages de cet ouvrage avec des personnes existantes ou ayant existé serait purement fortuite et ne saurait engager la responsabilité de l'auteur.

Le jour se lève sur les bords de l'Escaut en cet an de grâce 1090. La province de Brabant connaît une situation trouble. La politique de la région engendre des bas et des hauts au gré des règlements de comptes et des intrigues. Les petits barons et ducs s'ingénient à commettre des meurtres qui hausseraient leur pouvoir et leur autorité.

Le fleuve coule pourtant au rythme lent et calme des eaux séculaires que rien ne peut troubler.
Gottfried, fils du défunt duc de Brabant, aurait dû hériter de cette terre de paix si sa disparition mystérieuse ne l'en avait empêché !

Chaque jour se levant, des voix font entendre qu'Elsa, la soeur du disparu, après une promenade dans les marais en serait revenue seule, faisant semblant de pleurer son frère.
La jeune fille serait-elle donc coupable d'avoir supprimé son frère pour le remplacer sur le trône de Brabant ?

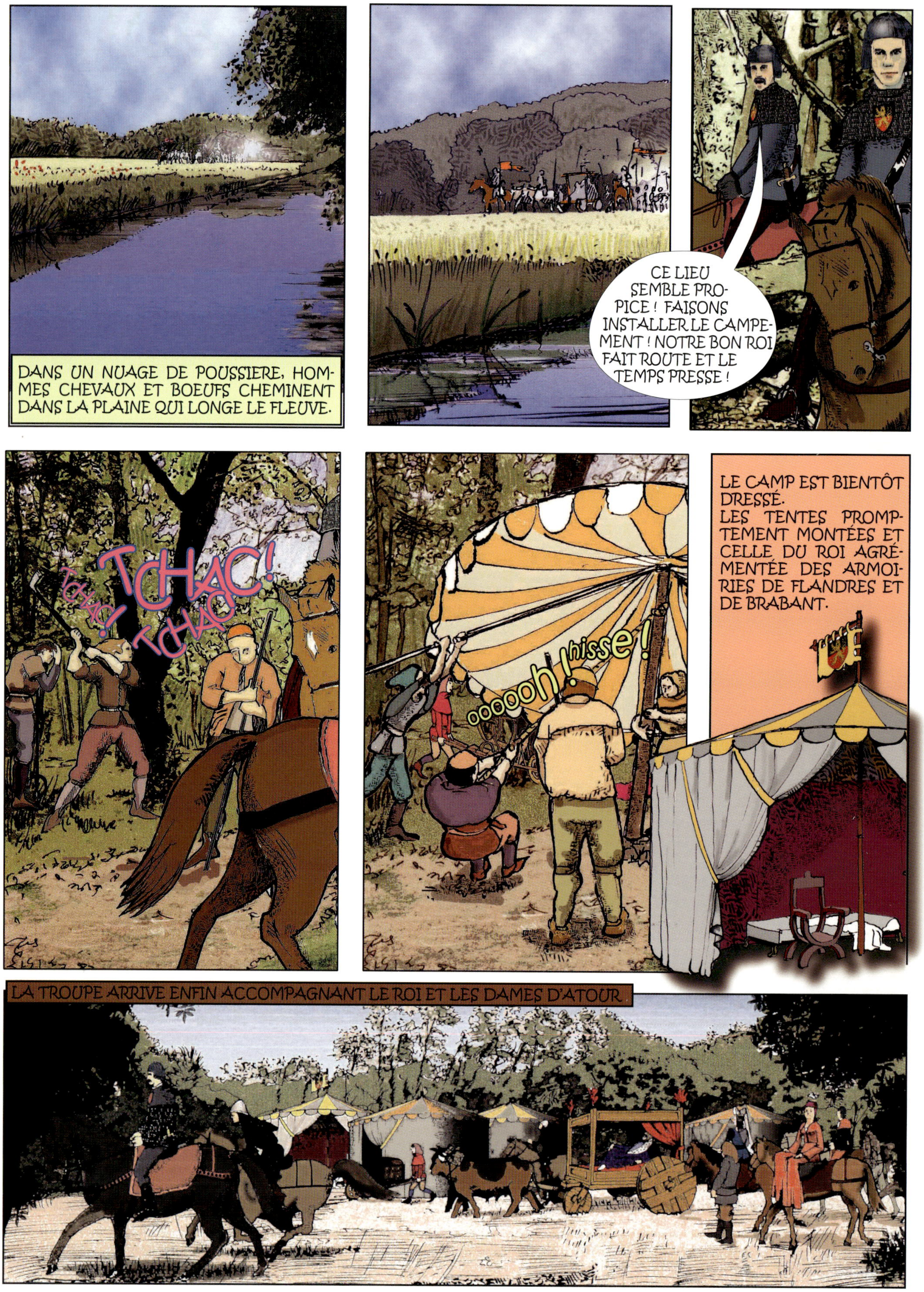
DANS UN NUAGE DE POUSSIERE, HOMMES CHEVAUX ET BOEUFS CHEMINENT DANS LA PLAINE QUI LONGE LE FLEUVE.
CE LIEU SEMBLE PROPICE ! FAISONS INSTALLER LE CAMPEMENT ! NOTRE BON ROI FAIT ROUTE ET LE TEMPS PRESSE !
TCHAC!
TCHAC!
TCHAC!
LE CAMP EST BIENTÔT DRESSÉ.
LES TENTES PROMPTEMENT MONTÉES ET CELLE DU ROI AGRÉMENTÉE DES ARMOIRIES DE FLANDRES ET DE BRABANT.
ooooOh ! hisse !
LA TROUPE ARRIVE ENFIN ACCOMPAGNANT LE ROI ET LES DAMES D'ATOUR

Gardes !
Après ce long voyage, qu'on fasse prévenir la maison de Brabant de notre arrivée.
Oui ! Sire !
Quelques instants de repos, avant de rendre justice ne peuvent me nuire !... Assoupissons-nous.
LES MESSAGERS SILLONÈRENT LE PAYS DE BRABANT ET SONNÈRENT MAINTS APPELS AU RASSEMBLEMENT.
LES NOBLES ET NOTABLES SE MIRENT EN CHEMIN. LA LONGUE COHORTE DE BELLES DAMES, DE GENTILSHOMMES, DE MARCHANDS ET DE RIBAUDS DE TOUTES SORTES ARRIVA EN VUE DU CAMPEMENT
DAMES D'ATOUR...
...COURTISANS...
...LA JEUNE ELSA, FILLE DE FEU LE DUC DE BRABANT...

...FREDERIC DE TELRAMOND, SON TUTEUR...
...ET L'OMBRAGEUSE ORTRUDE AUX NOIRS DESSEINS, EPOUSE DE FREDERIC DE TELRAMOND...
...TOUS VINRENT L'UN APRÈS L'AUTRE, NOBLES COMME MOINS NOBLES, PRÉSENTER LEUR HOMMAGE AU ROI HENRI.
COMME LE SOIR TOMBAIT, HENRI «L'OISELEUR», SURNOM DONNÉ PAR SES SUJETS, S'ÉTAIT PLACÉ SOUS UN CHÊNE AFIN DE TRANCHER LES VIVES QUESTIONS QUE SOULEVAIT LA PROVINCE.
Bon peuple !
LES AFFAIRES DU ROYAUME EXIGEAIENT LA LEVÉE DE TROUPES FRAÎCHES À L'ENCONTRE DES HUNS. LA TRÊVE PASSÉE NEUF ANS PLUS TOT SE TERMINAIT PAR DE PUISSANTES ATTAQUES AUX FRONTIÈRES ET DANS LES TERRITOIRES OCCUPÉS.
OR, QUE TROUVAIT HENRI AU FIEF DE BRABANT : LE MARASME D'UNE PROVINCE DÉCHIRÉE PAR LES JALOUSIES, DÉMUNIE DE CHEF VÉRITABLE ! VOILA QUI LE METTAIT DANS L'EMBARRAS !

Comme vous le savez, j'ai gagné la paix et stoppé la fureur des Huns durant neuf années. La trêve touche à sa fin et l'ennemi nous menace sauvagement.
Il est temps, à présent, de sauvegarder l'honneur du royaume. Que tout bras s'arme et que se forment des troupes de combat !
...Mais avant celà, j'apprends que vous vivez sans prince, dans la discorde et la sauvage querelle. J'appelle Frédéric de Telramond en qui j'ai toute confiance, à préciser ces faits
Pour l'honneur du royaume !
Merci, notre bon roi, d'être venu rendre justice ! Avant de mourir, le Duc de Brabant me confia Elsa, sa fille, et Gottfried, son aîné, le futur Duc...
...Juge plutôt de mon effroi, ô Roi, lorsqu'Elsa revint un jour des marais sans son frère. Je menai les recherches, mais en vain !...
Redoutant son crime, je renonçai alors à la main d'Elsa, à moi promise par le duc sur son lit de mort, pour épouser l'honorable Ortrude, ici présente, fille du prince des Frisons.
...Je porte donc plainte contre Elsa, et réclame la gouvernance de ce pays qui me revient de droit, car j'en suis le plus digne par le sang et par le rang.
Quelle redoutable accusation ! Comment si grand crime est-il possible ?
De plus, je l'accuse d'un amour secret, cause de tout. Elsa ambitionnait le pouvoir en compagnie de son amant caché.
Qu'on fasse venir l'accusée !

Que ce bouclier ne me protège plus avant que je n'aie rendu justice avec fermeté et bienveillance !
Que l'épée ne retourne au fourreau qu'après justice rendue !
J'appelle haut et fort : Elsa de Brabant, parais ici sur le champ !
Comme elle paraît lumineuse et pure !
Elle n'a pu commettre ce crime !

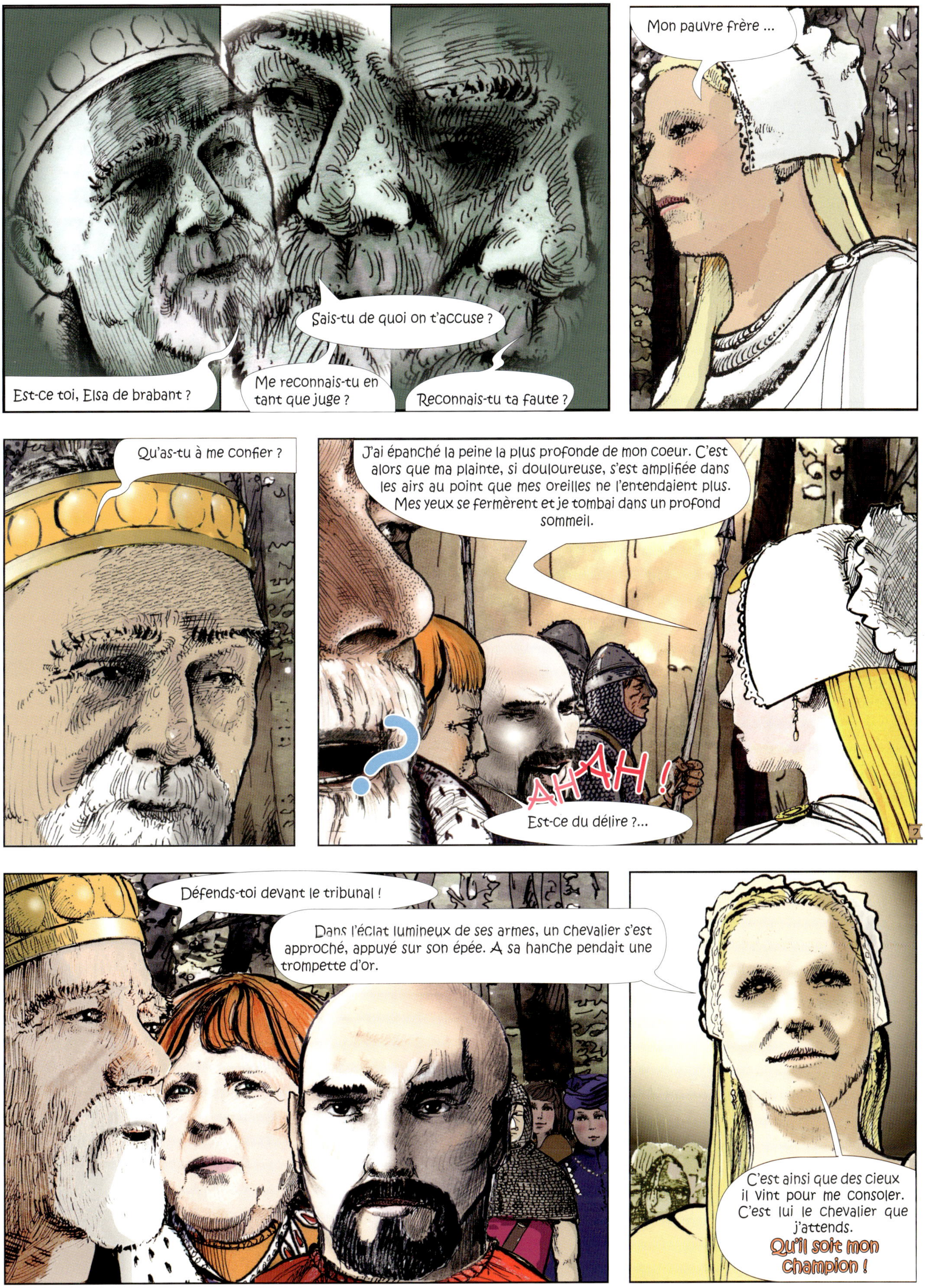
Est-ce toi, Elsa de brabant ?
Sais-tu de quoi on t'accuse ?
Me reconnais-tu en tant que juge ?
Reconnais-tu ta faute ?
Mon pauvre frère ...
Qu'as-tu à me confier ?
J'ai épanché la peine la plus profonde de mon coeur. C'est alors que ma plainte, si douloureuse, s'est amplifiée dans les airs au point que mes oreilles ne l'entendaient plus. Mes yeux se fermèrent et je tombai dans un profond sommeil.
?
AHAH !
Est-ce du délire ?...
Défends-toi devant le tribunal !
Dans l'éclat lumineux de ses armes, un chevalier s'est approché, appuyé sur son épée. A sa hanche pendait une trompette d'or.
C'est ainsi que des cieux il vint pour me consoler. C'est lui le chevalier que j'attends.
Qu'il soit mon Champion !

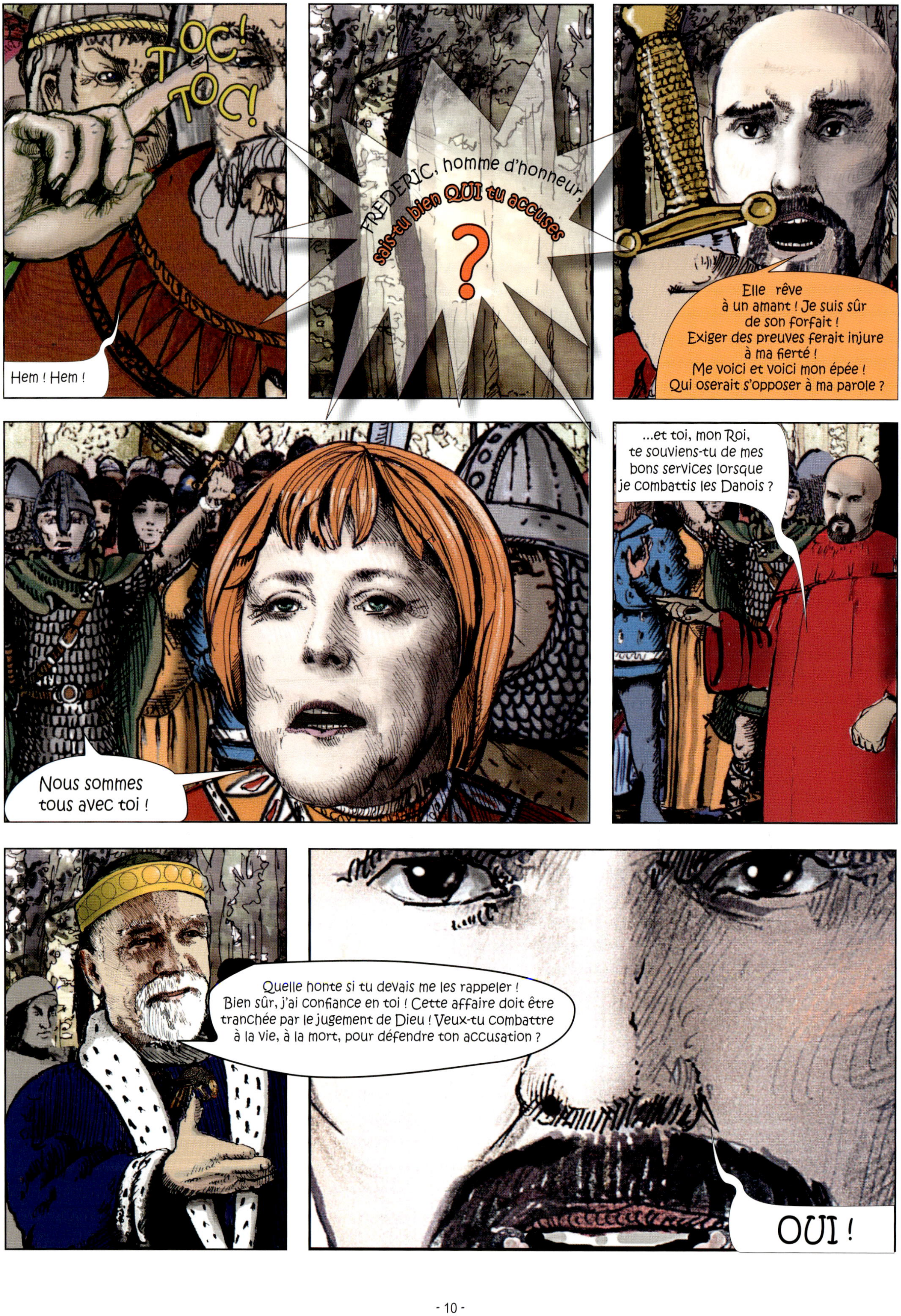
TOC! TOC!
Hem ! Hem !
FREDERIC, homme d'honneur, sais-tu bien QUI tu accuses ?
Elle rêve à un amant ! Je suis sûr de son forfait ! Exiger des preuves ferait injure à ma fierté ! Me voici et voici mon épée ! Qui oserait s'opposer à ma parole ?
Nous sommes tous avec toi !
...et toi, mon Roi, te souviens-tu de mes bons services lorsque je combattis les Danois ?
Quelle honte si tu devais me les rappeler ! Bien sûr, j'ai confiance en toi ! Cette affaire doit être tranchée par le jugement de Dieu ! Veux-tu combattre à la vie, à la mort, pour défendre ton accusation ?
OUI !

Elsa, veux-tu qu'un champion se batte pour toi, à la vie, à la mort, au «jugement de Dieu» ?
OUI !
Nous allons connaître le nom de son amant
Qui choisis-tu pour champion ?
C'est le chevalier que j'attends. Qu'il soit mon champion ! Entendez, tous, ce que je lui offre en retour : les terres de mon père...
...et s'il me veut pour épouse, je lui donnerai ce que je suis.
Pour valoir ce prix, il faut le mériter !
Il se fait tard, rentrons dans nos tentes ! Demain verra le jugement de Dieu !

Chacun rentra sous sa tente.
La veillée d'armes fut longue, longue...
Pour Frédéric, elle dura toute la nuit.
Elsa ne connut point le sommeil.

...et quand les brumes matinales commencèrent à se dissiper, chacun sut qu'un jour peu commun se levait.
Sire ! Sire ! Le coq chante depuis lurette ! Un nouveau jour commence !
HMMMM ?
!!!!!!!! !
Tu as raison, maraud ! Il fait grand jour ! Que ne m'as-tu réveillé plus tôt ?
Attention ! Imbécile ! Pose cette couronne bien droite !
Au même instant, au château de Brabant
...après une nuit de veille
Equipons nous, ce jour verra ma victoire. Hé ! Hé !

Allons !
Au même moment...
Ma Damoiselle ! Il n'est que temps de vous parer... Monsieur le Duc est déjà sur le chemin !!!
Elsa prit place dans son charriot...
...et la caravane s'ébranla vers la clairière du jugement...
...sous bonne escorte !.

Hérault ! Il est temps de donner le signal
OYEZ ! OYEZ ! QUE CELUI QUI DEFEND ELSA S'AVANCE !
...Que vienne mon prince !...
Baste ! Personne ? Frédéric, pourrais-tu combattre une ombre ?
Voyez si j'ai tort ! J'ai le bon droit de mon côté !!!
Mon doux Roi, permets qu'on appelle encore ... ...Il est sûrement loin et n'a pas entendu !

Hérault ! Appelle de nouveau !
OYEZ !
QUE CELUI QUI DÉFEND ELSA S'AVANCE !
?
Seigneur ! Laisse-moi le voir comme je le vis ! Qu'il soit présent près de moi !
La bas ! La bas ! Regardez !
Quel prodige étrange !...
...Un cygne tire une nacelle...
...Un chevalier s'y tient debout ... son costume étincelle... quelle lumière ! Le cygne tire une chaine en or !

Un prodige ! Un prodige ! Un prodige est arrivé !
Inouï tel que jamais l'on n'en vit !
Merci à la providence qui protège la faible femme !
L'oeil est ébloui par un tel éclat !
VOYEZ COMME IL EST PROCHE !

Cependant que les derniers traînards se précipitent sur la berge pour s'esbaudir de l'étrange spectacle, Ortrud est paralysée d'effroi en apercevant le cygne en qui elle reconnaît le frère d'Elsa !
Celui-là même que sa magie a transformé en animal immaculé.
Tout en elle se raidit.
Une crispation apparaît sur ses traits.
Quel retour bizarre.
Teufel !*
*(Diable)

Salut à Toi, roi Henri ! Que ton épée soit bénie ! Glorieux soit ton nom !
Si je reconnais bien la puissance qui t'a amené sur ces terres, c'est la providence qui t'envoie !
Je suis envoyé combattre pour une femme lourdement accusée.
Parle donc Elsa de Brabant ! Si je dois être ton champion, veux-tu sans peur et sans effroi te placer sous ma protection ?
Mon héros, mon sauveur ! Accepte-moi ! Je te donne tout ce que je suis.
Si je suis vaiqueur, m'épouseras-tu ?
Telle que je suis, je me donne à toi !
Elsa ! Si je suis ton époux et que je doive protéger ton pays et ton peuple, jamais tu ne devras me demander ni mon nom, ni mon origine !
Jamais je ne poserai ces questions !
Ecoutez à présent ! A vous peuple et nobles, je dis : Elsa de Brabant est exempte de toute faute ! Ton accusation est fausse, Comte de Telramond, apprends cela par le jugement de Dieu !
Gardes-toi de ce combat ! Si tu t'y risques, jamais tu ne pourras vaincre !
S'il est protégé par la puissance divine, à quoi te servira ta vaillante épée ? N'y vas pas, c'est un conseil sincère !
Plutôt mort que lâche !
Quel que soit le prodige qui t'a mené ici, ta fière menace ne m'impressionne pas, car je ne mens pas ! J'accepte donc de te combattre.

A présent, Sire, règle notre combat !
Avancez donc à trois pour chaque combattant et mesurez bien le cercle pour le combat !
SCRRRRRR
Le sillon fut vite tracé par les nobles saxons et les fiers Brabançons.
Les foules se regroupèrent autour du roi Henri
OYEZ ! OYEZ ! OYEZ !
Ecoutez-moi ! Oyez ! Et prêtez attention ! Nul ne doit pénétrer dans cet espace ni troubler le combat ! Sans ce respect, l'homme libre paiera de sa main, le serf de sa tête !
C'est dit !
Quant à vous, combattants, respectez les lois du combat ! Par vile ruse ou tromperie, ne faussez pas le jugement !
Dieu de mes convictions ! Prononce par la victoire de l'épée une sentence qui montre où est le faux et où est le vrai ! Donne la puissance du héros au bras du pur, que la force du trompeur soit endormie.
Je n'ai donc aucune crainte !

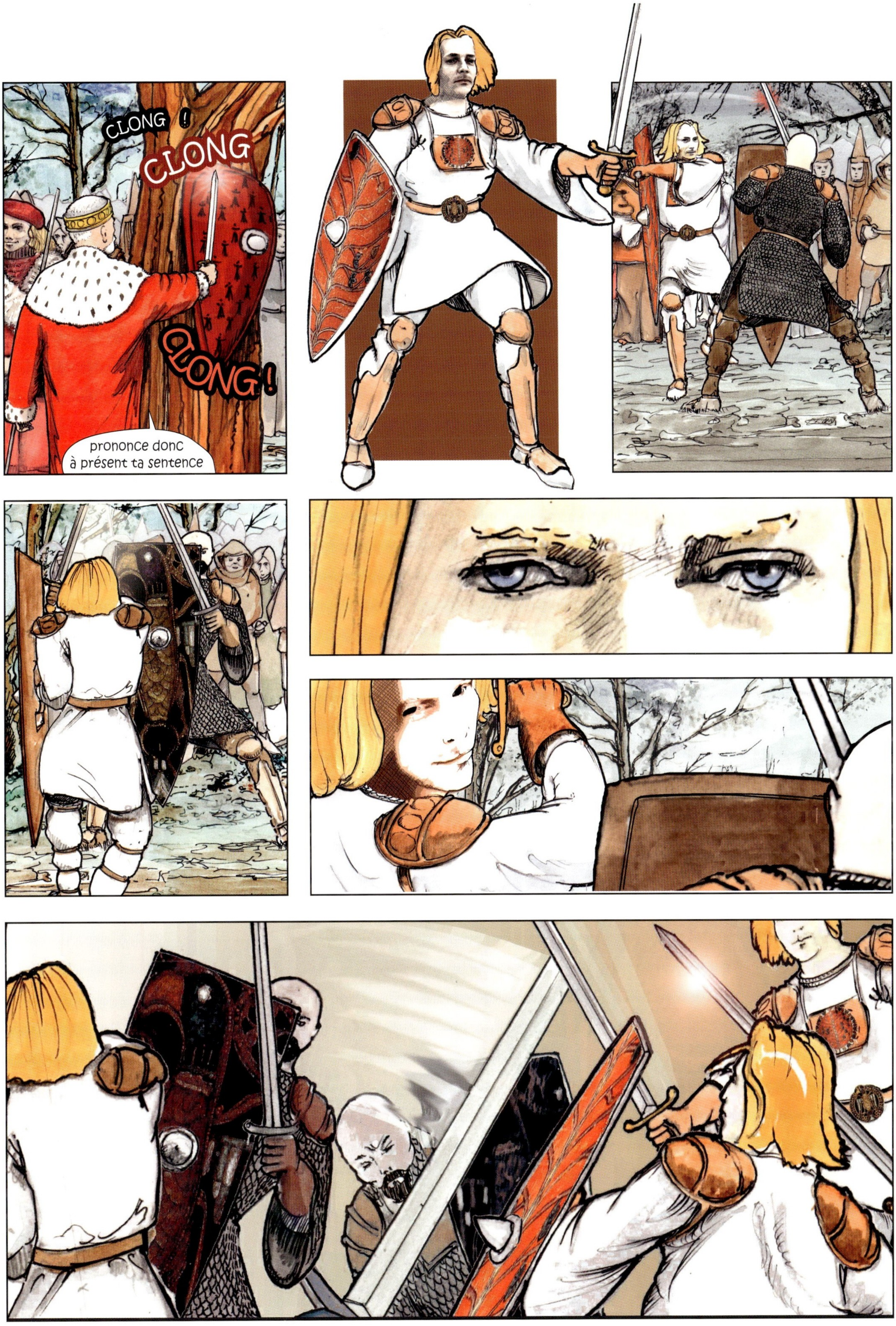
CLONG !
CLONG
CLONG !
prononce donc
à présent ta sentence

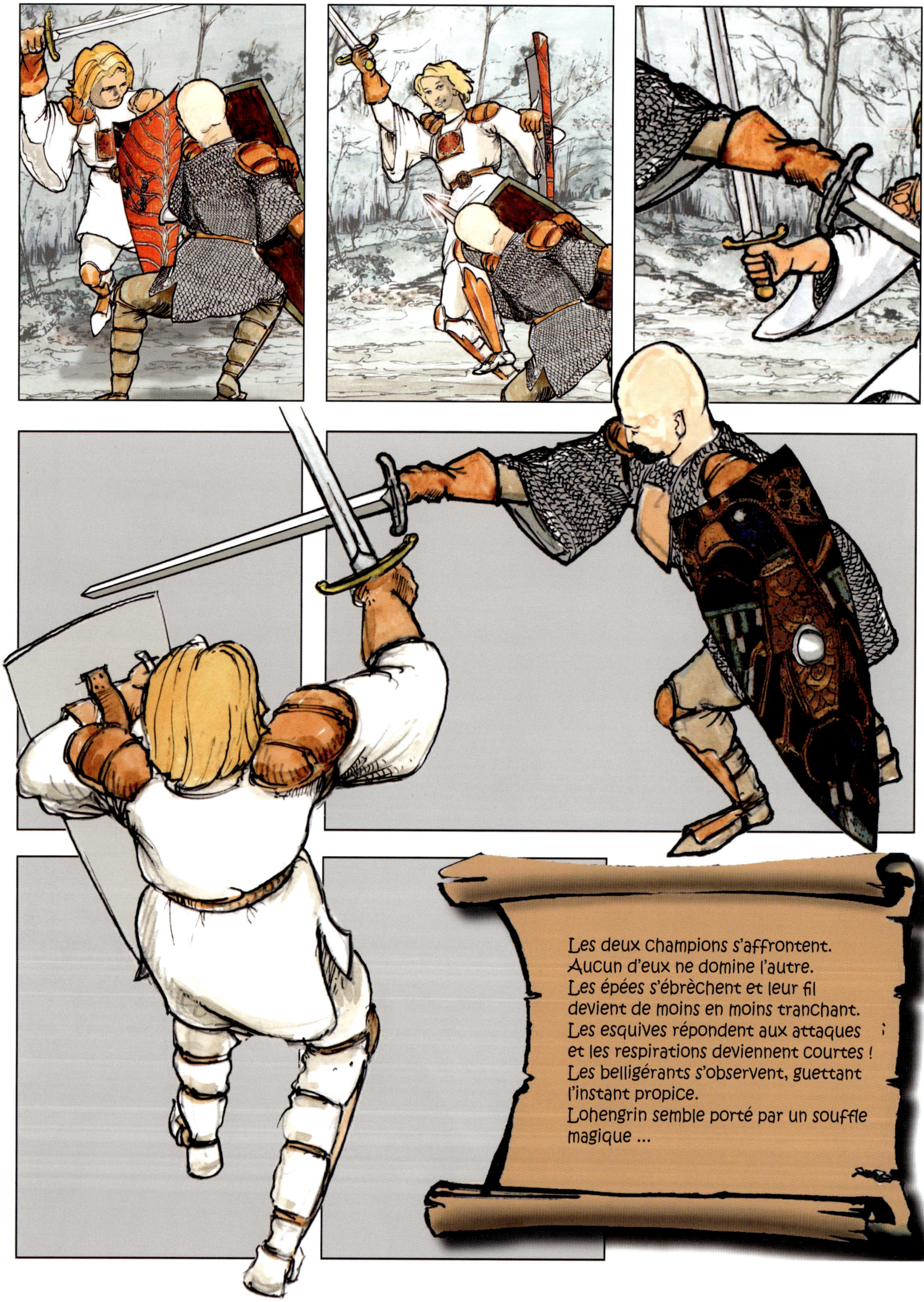
Les deux champions s'affrontent.
Aucun d'eux ne domine l'autre.
Les épées s'ébrèchent et leur fil
devient de moins en moins tranchant.
Les esquives répondent aux attaques
et les respirations deviennent courtes !
Les belligérants s'observent, guettant
l'instant propice.
Lohengrin semble porté par un souffle
magique ...

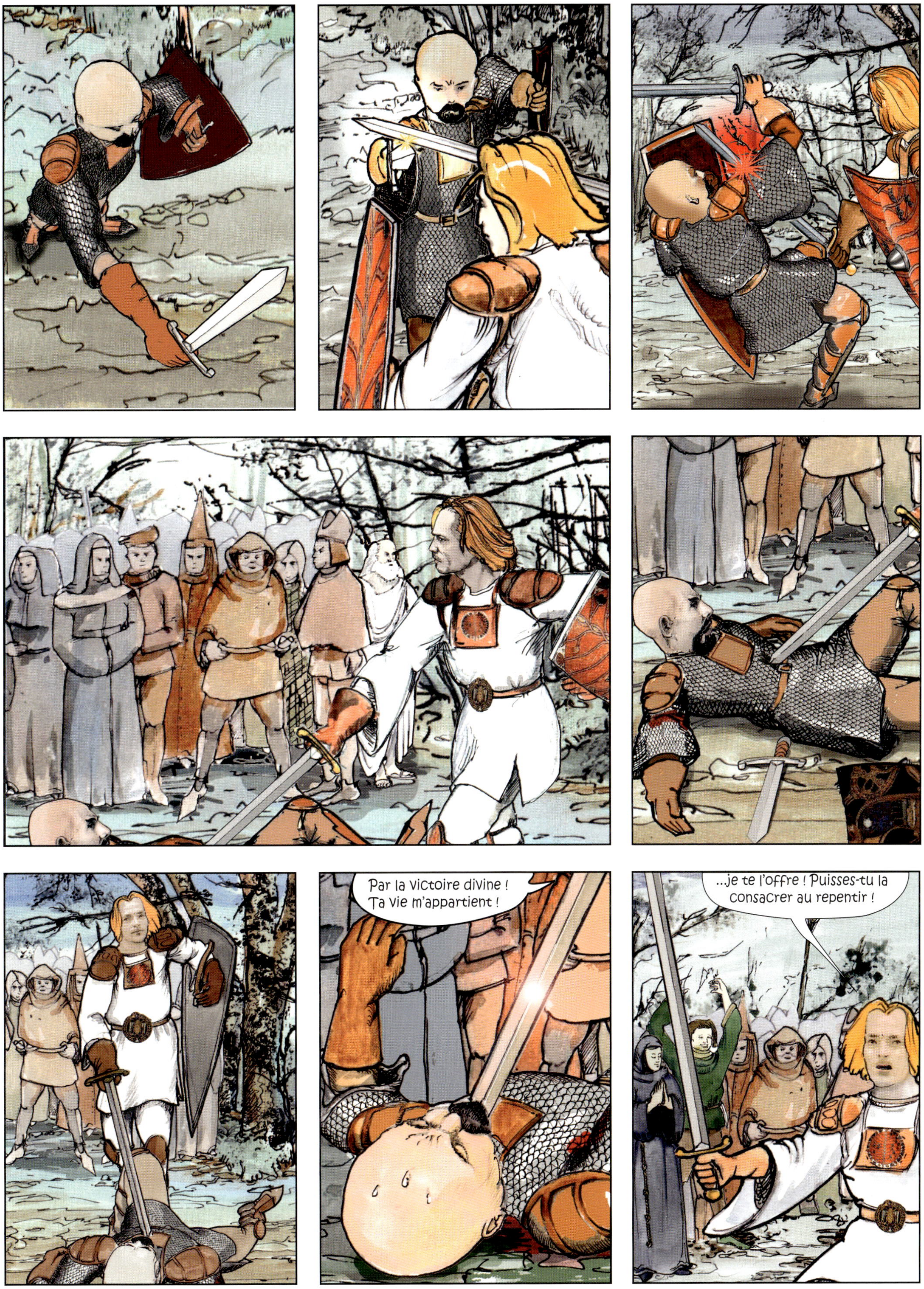
Par la victoire divine !
Ta vie m'appartient !
...je te l'offre ! Puisses-tu la
consacrer au repentir !

Sieg ! Sieg ! Sieg ! *1
Heil ! Heil ! *2
*1 Victoire !
*2 Gloire
Sieg ! Sieg ! Sieg ! *1
Si seulement je trouvais les mots d'allégresse qui soient dignes de Toi ! Pour que je sois heureuse, prends tout ce que je suis !
Résonne, chant de victoire ! Tu as défendu l'innocent ! Jamais pays ne connaîtra un héros tel que toi !
Qui est-il, celui qui a vaincu ? Par lui je suis impuissante ! En serait-ce fait de tous mes espoirs ?
Malheur ! Dieu m'a vaincu ! Je ne peux plus espérer le salut ! C'en est fait de ma gloire et de mon honneur !

Qui est-il, celui qui l'a battu ? Mes espoirs se-raient-ils vains ?
C'est dans l'allégresse générale que les deux jeunes gens furent portés en triomphe sur les boucliers.

Dans la nuit qui suivit, il y eut grand réjouissement au château. Les cors et les trompes résonnèrent jusqu'au matin.
Seuls, dans l'ombre, hors les murs, Ortrude et Frédéric se lamentent
Lève-toi, compagne de ma honte ! L'aube ne doit plus nous trouver ici ! Par ta faute j'ai dû perdre mon honneur Que ne t'ai-je laissée seule pour fuir loin d'ici !
Oserais-tu me menacer, moi, une femme ? Oh, Lâche ! Si tu l'avais menacé, lui, avec autant de fureur, tu aurais obtenu la victoire et non la honte !
L'heure est venue de t'éclairer de mon oeil prophétique ! Sais-tu qui est ce héros qu'un cygne a amené sur ces terres ?

NON !
Je te dis ceci : s'il est obligé de lui dire son nom et son origine, alors il perdra sa puissance et personne, autre qu'Elsa, ne peut lui arracher ce secret !
Il faudrait donc amener Elsa à lui poser cette question ?
Comme tu es intelligent ! Comme tu comprends vite !
Mais comment réussir cela ?
Avant tout : ne pas fuir ! Ensuite, pour la rendre furieuse, accuse-le de magie... ...et si cela échoue, sache que, grâce à la magie, s'il est seulement blessé, il doit perdre ses pouvoirs !
Je me croyais perdu, mais je pourrai venger ma honte... ...et si Ortrude me trompe encore, malheur à elle !
J'appelle l'oeuvre de la vengeance de la sombre nuit de mon coeur ! Viens! guide nos armes et sors du fond de notre coeur ! Vous qui êtes perdus dans un doux sommeil, sachez que le malheur vous guette !
Hé ! Hé !
Soyez témoins, Zéphirs ! Vous, que j'ai troublés autrefois. Quel bonheur est le mien !
C'est elle !
Parce que vous avez soufflé, il vint vers moi. Que la fraicheur de ce souffle caresse mon front brûlant d'amour !

Vas-t-en d'ici ! Eloigne-toi !
Pourquoi ?
Elle est pour moi ! Occupe-toi de lui !
EEELLLSA ?
ELLLSAAA ?
Qui appelle ? Quel son affreux résonne dans la nuit ?
Elsa ! Ma voix t'est-elle si étrangère ? Me renierais-tu, m'envoyant au plus profond exil ?
Ortrud ! Est-ce toi, malheureuse ?
Tu as dit malheureuse ?
Eh bien oui ! Malheureuse ! Que t'ai-je fait ? Que t'ai-je fait pour que tu me tires ainsi de la forêt où je vivais dans le calme et la paix ?
Que t'ai-je fait pour qu'à présent je pleure le malheur qui pèse sur moi ?
Comment as-tu pu m'envier le bonheur d'être choisie par l'homme que tu as dédaigné et méprisé ?
Que t'ai-je fait ?

Je serais indigne de ta bonté si je repous-sais le malheur que je vois devant moi ! Attends-moi, Ortrud, je te ferai rentrer chez moi !
Mon Dieu ! Faut-il que tu m'offres ce spectacle, toi que je vis fière et splendide ?
Dieux profanés, aidez-moi ! Wotan, je t'appelle, toi si fort ! Freia, entends-moi, afin d'assou-vir ma vengeance !!!
Ortrud !
Comment pourrai-je te payer tes faveurs, moi, si mi-sérable, si je dois vivre chez toi ?
Pour ton réconfort, mon futur époux accoprdera grâce à Frédéric !

Apparais dès bon matin parée de somptueux habits. Tu m'accompagneras à la cathédrale. Là-bas jattendrai mon héros pour devenir, devant Dieu, son épouse !

Peut-être pourrai-je te payer de tes faveurs en t'évitant une faute !
Que veux-tu dire ?
Je te mets en garde ! Ne fais pas confiance à cet homme dont on ignore même l'origine !
Pauvre femme ! Sais-tu seulement ce qu'est l'amour ? Il est un bonheur qui ne connaît pas le doute !
...Il faut que je sape sa confiance en lui !
Retournons les armes contre elle !
Alors que les deux femmes sont entrées et que le jour commence à poindre, la porte des appartements semble avoir été frôlée... ...puis, lentement, la poignée tourne, soulevant le penne de lourd métal. Un déclic éveille les méfiances.
CLIC
?
Qui vient ?
Hé ! Hé ! Ainsi pénètre le malheur dans cette maison !
Accomplis, femme, ce que ta ruse a conçu ! Une seule chose compte pour moi : celui qui m'a ravi l'honneur doit disparaître !
HA! HA! HA!

DONG
DONG
DONG
DONG
DONG !
DONG !
TOC ! TOC !
Au matin, l'appel nous rassemble, le jour nous promet beaucoup !

Pour sûr ! *
* Vieille expression brabançonne voulant dire certainement !
TARIIII !
Gentes Dames et gentils Damoiseaux !
Oyez ce qui va suivre !
Voici la parole et la volonté du roi : Frédéric de Telramund est proscrit. Et celui qui le soutiendra le sera avec lui !
Le roi vous annonce en outre que l'étranger, envoyé des Dieux, prendra la charge des terres et de la couronne de Brabant
Aujourd'hui, les noces ! Demain, le combat ! Ralliez-vous au noble héros pour la grandeur et la gloire du Brabant !!

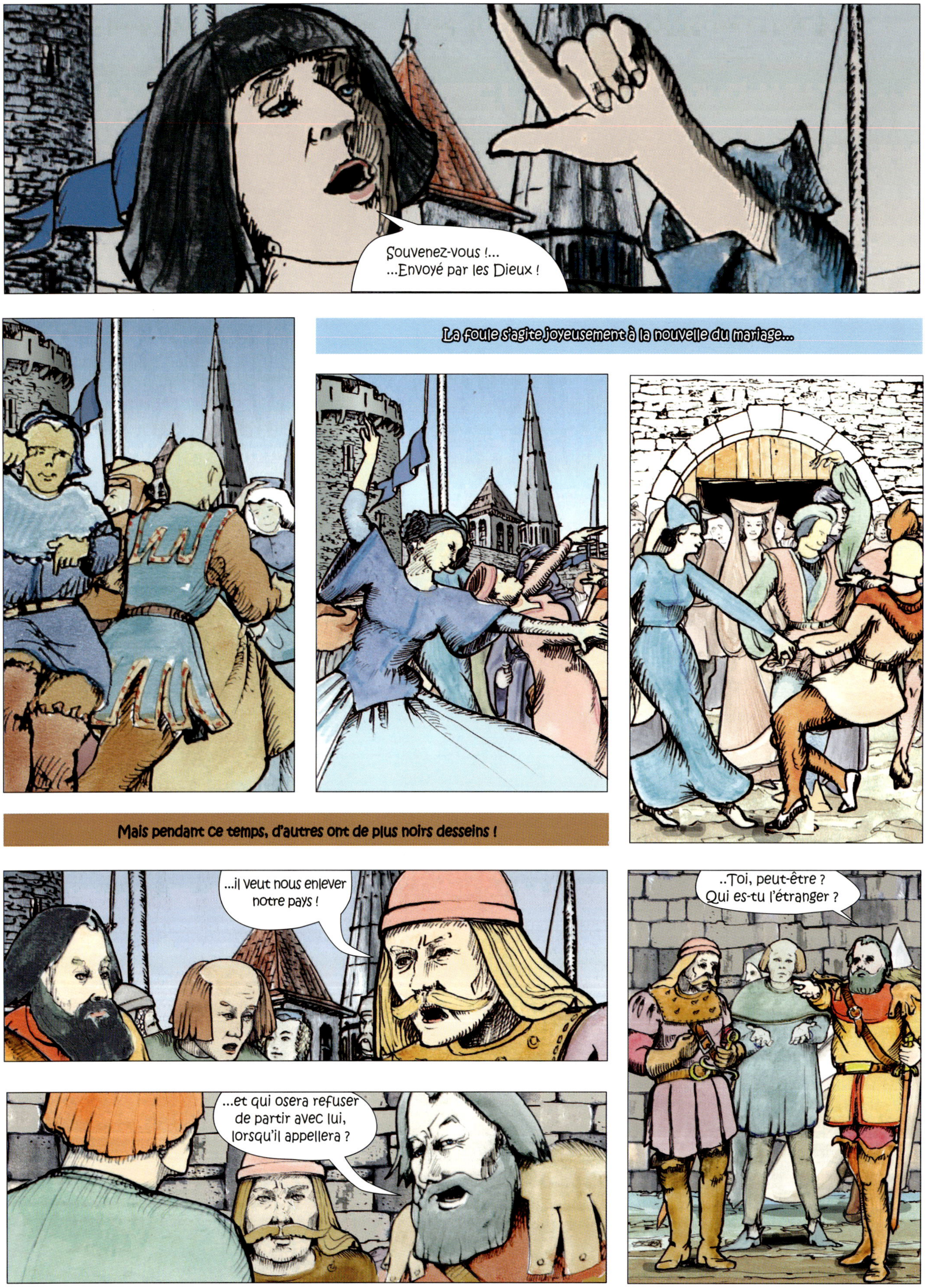

Souvenez-vous !...
...Envoyé par les Dieux !
La foule s'agite joyeusement à la nouvelle du mariage...
Mais pendant ce temps, d'autres ont de plus noirs desseins !
...il veut nous enlever notre pays !
...et qui osera refuser de partir avec lui, lorsqu'il appellera ?
..Toi, peut-être ? Qui es-tu l'étranger ?

OUI ! MOI !
Me reconnaissez-vous ?
Qu'entends-je, insensé ! Tais-toi, si le peuple t'entend tu es perdu !
Ai-je la berlue ? Tu oses venir ici quand tu es une proie pour chacun ? Que comptes-tu faire ?
FRÉDÉRIC !
Bientôt, j'oserai aller encore plus loin, devant vos yeux, il fera grand jour ! Celui qui vous destine avec tant d'audace au combat, je l'accuserai de tromperie envers Dieu !
Entre ici ! Si le peuple te voit, tu es perdu !
PLACE ! PLACE ! PLACE POUR NOTRE PRINCESSE ELSA QUI VEUT ALLER PIEUSEMENT À LA CATHÉDRALE !

PLACE ! PLACE !
Arrière, Elsa ! Je ne supporterai pas plus longtemps de devoir te suivre ! T'imagines-tu que je ne devrais t'approcher qu'en rampant J'ai l'intention de venger ma souffrance Mon époux était puissant et son nom respecté ! Et toi tu ne peux même pas dire le nom de ton champion ! Sa race et sa noblesse sont-elles prouvées ? Peux-tu le dire ?
ELLE BLASPHEME !!!

Blasphème !
Scélérate ! Cet homme est si plein de vertus qu'on ne peut douter de lui ! Le jugement de dieu lui a été favorable !
Parlons-en de ses vertus ! Ce n'est que mauvaise magie !
BLASPHEME !
hérésie !
LE ROI !
qui ose ici troubler notre cortège au seuil du temple ?
Que vois-je, cette femme avec toi ?
Je l'ai prise en pitié !
Effoyable femme, quitte ces lieux ! Tu ne vaincras jamais ici !
Mon sauveur, protège-moi de cette femme ! Réprimande-moi, si j'ai désobéi !
Je l'ai sortie de sa détresse. Vois de quelle manière elle me remercie !

O Roi ! Et vous Princes trompés par la ruse ! Arrêtez ! Vous qui avez été injustes envers moi ! Celui que je vois ici plastronnant, je l'accuse de magie ! Face au monde entier, je demande haut et fort : - qui est-il pour se faire conduire par un cygne magique ? S'il peut répondre à cette question, alors j'aurai mérité mon châtiment ! O Roi, pose-lui cette question ! Oserait-il te braver en refusant de répondre ?
Scélérat !
Disparais !
C'est un scandale !
Celui là ! Je l'accuse de magie !
Tous ont pu constater ma bonne foi ! Même au Roi je peux refuser ma réponse ! Je ne la dois qu'à Elsa.
Pourquoi trembles-tu, Elsa ? Le doute serait-il dans ton coeur ?
Jamais je ne te trahirai !
Vois comme le doute a pénétré son coeur !

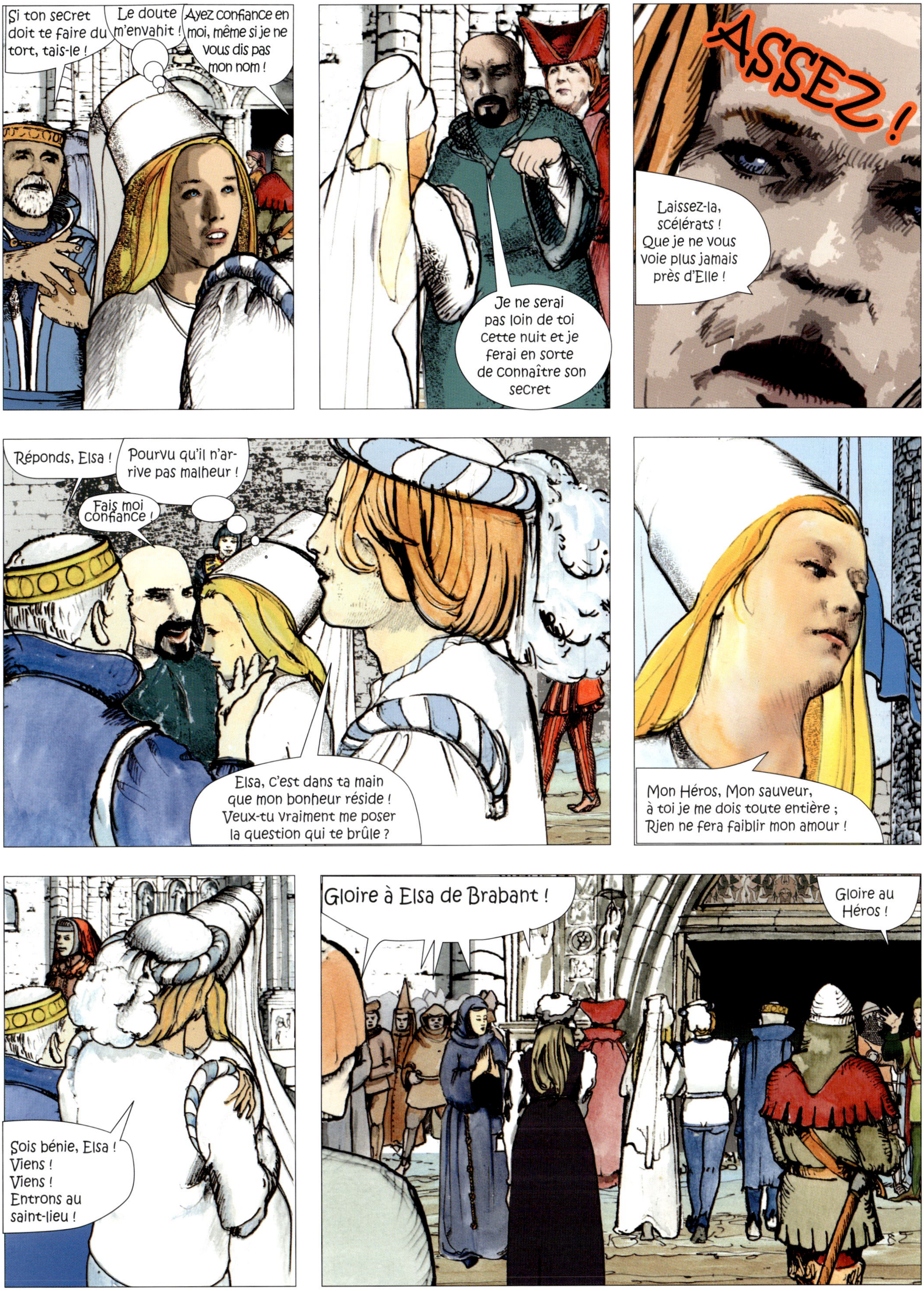
Si ton secret doit te faire du tort, tais-le !
Le doute m'envahit !
Ayez confiance en moi, même si je ne vous dis pas mon nom !
Je ne serai pas loin de toi cette nuit et je ferai en sorte de connaître son secret
ASSEZ !
Laissez-la, scélérats ! Que je ne vous voie plus jamais près d'Elle !
Réponds, Elsa !
Pourvu qu'il n'arrive pas malheur !
Fais moi confiance !
Elsa, c'est dans ta main que mon bonheur réside ! Veux-tu vraiment me poser la question qui te brûle ?
Mon Héros, Mon sauveur, à toi je me dois toute entière ; Rien ne fera faiblir mon amour !
Sois bénie, Elsa ! Viens ! Viens ! Entrons au saint-lieu !
Gloire à Elsa de Brabant !
Gloire au Héros !

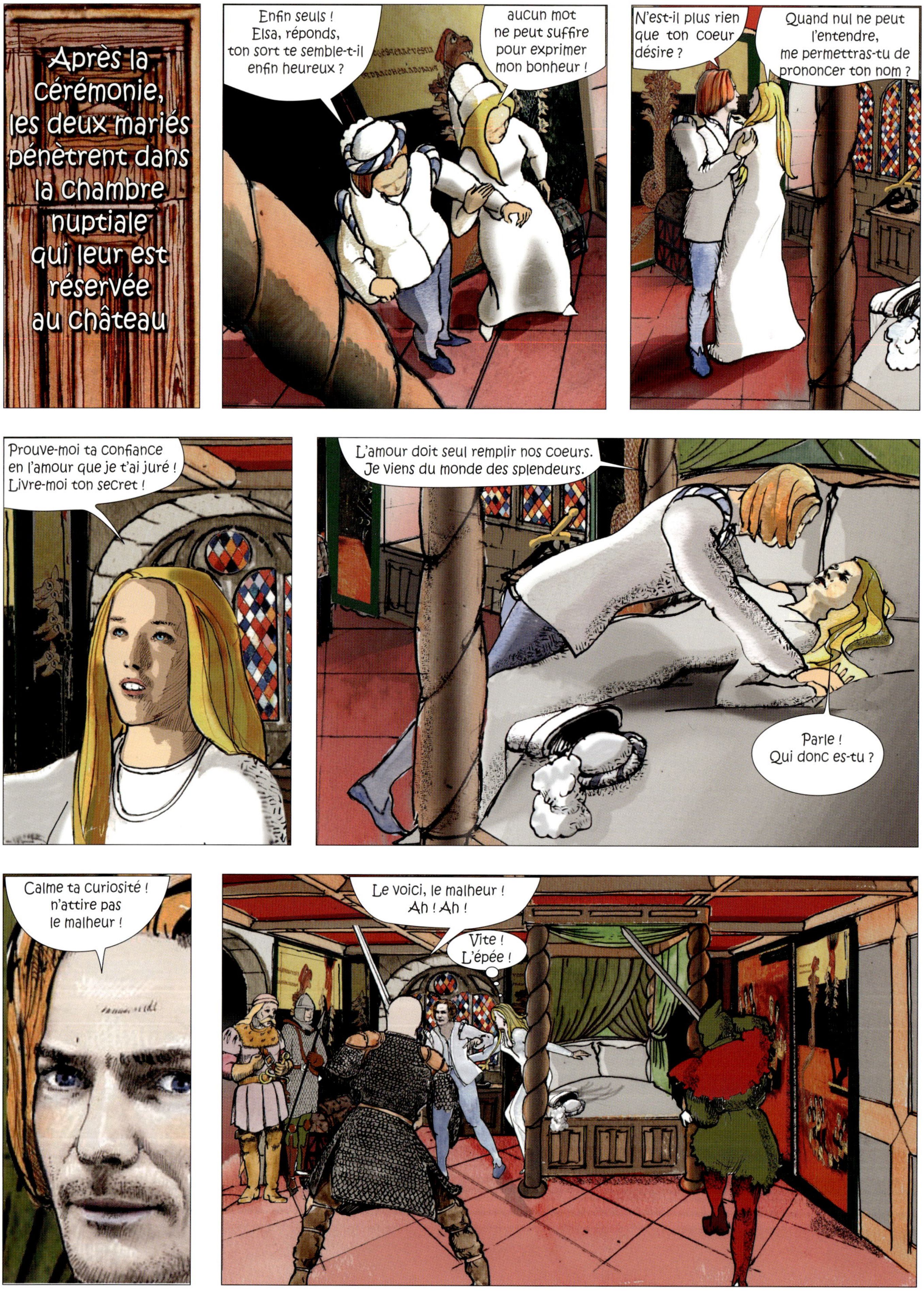
Après la cérémonie, les deux mariés pénètrent dans la chambre nuptiale qui leur est réservée au château
Enfin seuls ! Elsa, réponds, ton sort te semble-t-il enfin heureux ?
aucun mot ne peut suffire pour exprimer mon bonheur !
N'est-il plus rien que ton coeur désire ?
Quand nul ne peut l'entendre, me permettras-tu de prononcer ton nom ?
Prouve-moi ta confiance en l'amour que je t'ai juré ! Livre-moi ton secret !
L'amour doit seul remplir nos coeurs. Je viens du monde des splendeurs.
Parle ! Qui donc es-tu ?
Calme ta curiosité ! n'attire pas le malheur !
Le voici, le malheur ! Ah ! Ah !
Vite ! L'épée !

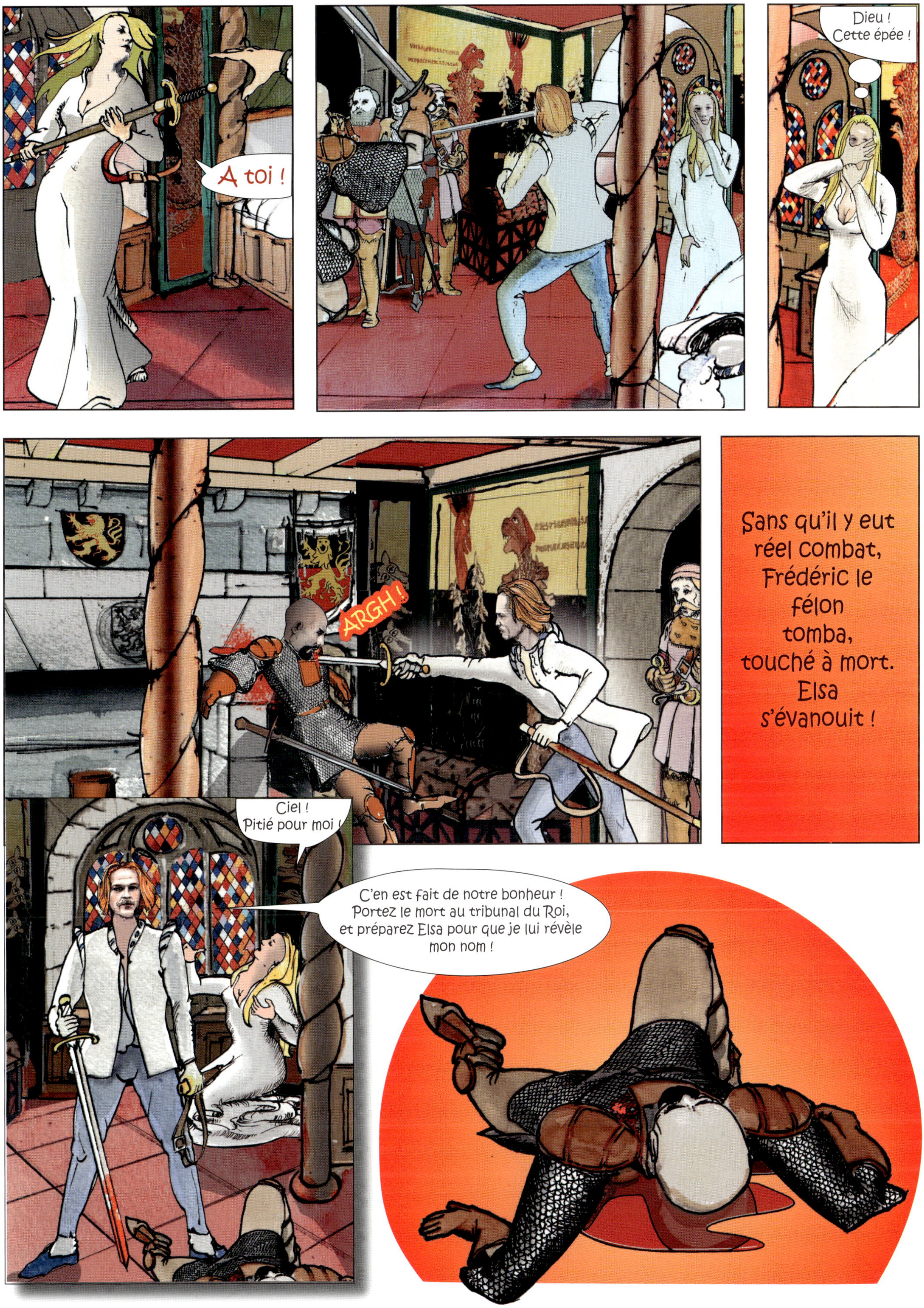
A toi !
Dieu ! Cette épée !
ARGH !
Sans qu'il y eut réel combat, Frédéric le félon tomba, touché à mort. Elsa s'évanouit !
Ciel ! Pitié pour moi !
C'en est fait de notre bonheur ! Portez le mort au tribunal du Roi, et préparez Elsa pour que je lui révèle mon nom !

Tandis que le jour se lève au bord de l'Escaut,
dans les lueurs matinales
les cohortes se réunissent pour la guerre.
Que soit ainsi prouvée notre force
pour la gloire et la grandeur du Brabant !...
...Mais où est donc l'envoyé de la providence ?
Qu'apportez-vous là ?
On me dit que c'est le corps de ce traître ?
Fossoyez-ici !
Ah ! voici Elsa ! Comme je te vois
triste ! Quelle angoisse te touche-
telle tant ??

Ah ! Enfin ! Y aurait-il un problème ?
Place au héros du Brabant !
Oui ! Le voici, mon problème ! Cet homme vint dans ma chambre pour me surprendre. Méritait-il la mort de ma main ?
OUI ! Il l'a méritée !
Mais il y a l'autre problème ! Elsa, la femme qui m'est chère a trahi son serment de ne pas me demander mon nom !
...que la réponse ne soit plus épargnée ! Je dévoile maintenant mon secret : «Dans un pays lointain appelé Montsalvat, où vous ne pouvez pas aller, fut amené par une colombe ce qu'on appelle le Graal... S'il est découvert, il doit fuir celui qui le découvre. C'est le Graal qui m'envoie vers vous. Voyez à présent comme je récompense la question interdite !...
...Je suis le fils de Parsifal qui porte la couronne du Graal et je suis son chevalier. Mon nom est LOHENGRIN.
Le sol me manque !
Au loin, des lumières aveuglantes crèvent le ciel de l'Escaut, traversent l'espace et inondent le rivage.

Reste ! Vois comme je suis triste !
Tu as voulu connaître mon secret, il faut maintenant nous quitter !
Reste ! Qui va conduire nos armées au combat ?
Le cygne ! Il revient !
Je n'ai que trop tardé ! Mon beau cygne, comme j'aurais voulu t'épargner ce voyage ! Mais le Graal m'attend !
Adieu, Elsa ! prends ceci, ainsi que mon épée et mon anneau d'or pour les donner à ton frère à qui le Graal va rendre la vie, Graal auprès duquel je retourne pour toujours.
Malheur ! Malheur ! Homme noble et sublime, dans quelle détresse tu nous jettes !

Apprenez comment se vengent les Dieux anciens ! Ce cygne n'est autre que l'héritier du Brabant auquel j'ai jeté sortilège ! Ah ! Ah !
NON !
Voyez-là : Le comte de Brabant ! Qu'il devienne votre chef !
MMFFFf!

FLAP
FLAP
FLAP
FLAP
FLAP
FLAP
Relève-toi, Gottfried ! Voici ton armée !
ELSA !
Mon frère bien aimé !
Mon époux ! Mon époux ! Il s'en va !

et la nuit se referma sur le mystère de Lohengrin

L'oiseau fut assez fort,
dit-on,
pour atteindre le Graal.
Il est vrai qu'en science magique
il évoque la pureté et la simplicité.
Il souligne également la paix,
l'harmonie, l'espoir et le bonheur retrouvé.
C'est aussi,
du moins le prétend-on,
l'âme qui préside
aux amours éternelles.